오렌지 1kg

그리고 삶은 계속된다

um kilo d'oranges

Copyright 2007 GULF STREAM EDITEUR NANTES.

Korean translation copyright Chungeoram Junior, 2008
This Korean edition was published by arrangement with Gulf Stream.

이 책의 한국어 판 저작권은 프랑스 Gulf Stream 출판사와 독점 계약한 청어람주니어에 있습니다.
저작권법에 의해 한국 내에서 보호를 받는 저작물이므로 무단 전재 및 무단 복제를 금합니다.

이 도서의 국립중앙도서관 출판시도서목록(CIP)은 e-CIP 홈페이지(http://www.nl.go.kr/ecip)에서
이용하실 수 있습니다. (CIP제어번호: CIP2008003424)

오렌지 1kg

그리고 삶은 계속된다

로젤린느 모렐 글 ● 장은경 그림 ● 김동찬 옮김

차례

1. 7
2. 14
3. 22
4. 29
5. 38
6. 47
7. 55
8. 62
9. 69
10. 75
11. 84
12. 92
13. 10

1

엄마는 눈부시게 아름다웠다. 엄마의 눈동자는 햇살이 반짝이는 것처럼 빛났고, 햇볕처럼 따뜻했다. 고민이 있는 사람들은 우리 엄마를 찾아온다. 그러면 엄마는 주의 깊게 듣고 나서 엄마가 느낀 대로, 엄마에게 보이는 대로 솔직하고 분명하게 이야기해 준다. 엄마는 언제나 상대방의 입장에 서려고 애썼다. 토론이 격해지면 엄마는 눈에 띄지 않게 가만히 끼어들어 분위기를 진정시켰다.

나는 엄마가 옷 입는 법도 좋았다. 엄마는 세련되면서도 개성 있게 입었다. 한마디로 우리 엄마는 완벽했다. 그리고 나는 행복했다. 부모님이 나를 응석받이로 키우지는 않았지만 행복했다. 그때는 열두 살이었다. 부모님은 서로 사랑했고, 우리 가족은 화목했다.

에밀리와 나는 단짝이었다. 우리 집에서 몇 발짝만 걸어가면 에밀리네 집이었다. 우리는 유치원 때 친구가 되어서 그때부터 꼭 붙어 다녔다. 우리 가족을 따라 바캉스를 떠난 것이 에밀리가 처음 부모님과 떨어져 여행한 것이었다. 나도 마찬가지였다. 에밀리네 가족을 따라 바캉스를 떠난 것이 부모님과 처음 떨어진 것이었다.

그리고 그날이 찾아왔다. 우리는 브리 지방에 있는 별장에 있었다. 외할아버지가 평생을 사시다가 엄마에게 물려준 농가였다. 내게는 얼마나 소중한 공간인지. 엄마가 당황한 표정으로 아빠에게 귓속말을 했다. 그때, 화창한 봄날이었는데도, 방 안에는 찬바람이 일었다. 그리고 불안의 그림자가 별장 안으로 몰려들었다. 엄마 아빠는 허둥대며 짐을 싸기 시작했다. 두 분은 아무렇게나 손에 잡히는 대로 짐을 가방에 구겨 넣고 있었다. 서둘러 집으로 돌아가야 했다.

엄마의 목소리는 눈물이 쏙 빠질 만큼 날카롭게 변해 있었다. 내가 엄마 삶에 장애물이 되었다는 것을 한눈에 알 수 있었다. 아빠도 거듭해서 나를 재촉했다. 하지만 나는 그렇게 민첩하게 짐을 쌀 수가 없었다. 열두 살짜리 소녀에게는 당연한 것이다. 난 어쩔 줄을 몰랐다.

어쨌든 우리 가족 모두 차에 올랐다. 나는 뒷좌석에 굴러다니는 짐짝이 된 느낌이었다. 엄마 아빠는 내가 차에 탔는지 별장에 갇혀 있는지 돌아볼 수도 없을 만큼 정신이 없었다. 별장에 두고 온 거북이와 금붕어는 이웃이 돌볼 거였다. 짐을 아무렇게나 던져 넣었기 때문에 나는 꼭 창고에 들어앉아 있는 것 같았다. 보통 때 같았으면 자동차 트렁크는 흠잡을 데 없이 가지런히 정리되어 있었을 것이다. 엄마는 자동차 트렁크 구석구석을 요령 있게 이용했다. 하지만 이 모든 것이 사소해진 것이다. 엄마가 내 옷 가방이 뒤집어지면서 로션이 흘러나와 옷을 다 적신 것을 알았다면 자신을 얼마나 한심하게 여겼을까?

 엄마는 앞자리에 꼼짝 않고 앉아 있었다. 차가 갑자기 출발했다. 아빠는 처음 운전하는 사람처럼 허둥대고 있었다. 나는 처음으로 엄마의 헝클어진 머리를 보았다. 그리고 또 처음으로 엄마의 머릿결 사이로 반짝이는 은빛 실들을 보았다.

 차는 거칠게 달렸다. 아빠는 어금니를 꽉 물고 있었고, 엄마는 손잡이를 꼭 붙들고 있었다. 모두 너무 긴장해 있어서 금방이라도 터져 버릴 것만 같았다. 그렇게 된다면 우리 셋 모두 울음을 터뜨릴 것만 같았다.

 꼼짝할 수도 입을 열 수도 없었다. 손가락 하나라도 까딱했다간 태풍을 막고 있는 얇은 유리창이 깨지듯 침묵이 깨지고, 그 틈으로 재앙이 몰려올 것만 같았다. 나는 뒷자리에 웅크리고 있었다. 여섯 살 때처럼 강아지 인형을 끌어안았다. 다 해진 강아지 인형은 내가 태어나던 날부터 옆을 지킨 내 친구였다.

 나는 이불 보따리에 기대어 눈을 감았다. 편안한 잠자리

○ 손가락 하나라도 까딱했다간 태풍을 막고 있는 얇은 유리창이 깨지듯 침묵이 깨지고, 그 틈으로 재앙이 몰려올 것만 같았다.

에 누운 것처럼 조금씩 긴장이 풀렸다. 눈물 한 방울이 콧등을 타고 흘렀다. 눈물을 닦을 수가 없었다. 움직이고 싶지 않았다. 한기가 어깨를 치고 지나가는 것도 싫었다. 난 괜찮았다. 아무 문제도 없던 지난날처럼. 그때 엄마가 살며시 몸을 돌렸다. 엄마는 조금 진정된 목소리로 아빠에게 말했다.
 "잠들었나 봐요."
 엄마 아빠를 내버려 두어야 할 것 같다는 생각이 들었다. 아빠는 왼손으로 운전대를 잡고, 오른손을 엄마의 무릎에 올렸다. 엄마는 아빠의 손을 꼭 잡았다. 커다란 눈물방울이 엄마의 볼을 타고 굴러떨어지기 시작했다. 폭포처럼 쏟아지는 눈물은 그칠 것 같지가 않았다. 거울을 통해 굳게 다문 아빠의 입술이 보였다. 경련이 일어 심하게 떨리고 있었다. 아빠도 통제가 안 되는 것 같았다. 아빠는 입을 꼭 다물고 한마디도 하지 않았다.

2

 나는 잠들었다. 우리는 부자 동네에 살지도 않았고, 큰 저택에 살지도 않았다. 파리 변두리 그저 그런 평범한 아파트에 살고 있었다. 내가 눈을 떴을 때, 우리는 지하철 역 앞을 지나가고 있었다. 아빠는 아파트 주차장에 차를 세웠다. 우리는 차에서 짐을 내렸다. 짐은 승강기로 한 번에 날랐다. 집에 도착하기가 무섭게 부모님은 전화를 돌려 댔다. 거실에 교환대가 들어선 것 같았다. 일반의와 약속을 잡고, 전문의와 약속을 잡고, 방사선 검사를 예약하고, 실험실과 외과 의사에게 전화를 했다. 나는 무엇을 어떻게 해야 할지 몰랐다. 갑작스런 분위기가 불편해서 이 방 저 방 왔다 갔다 했지만 편안한 곳은 없었다. 부모님은 거추장스런 물건을 치우듯 나를 한구석에 밀어 놓았다.

"알리스, 책 한 권 꺼내서 읽고 있으렴. 아빠는 중요한 서류를 작성해야 해."

"에밀리에게 전화하렴, 혼자서 전화할 만큼은 컸잖니."

그날 이후로 부모님은 온 신경을 곤두세우고 있었다. 엄마는 이전의 엄마가 아니었다. 더 이상 침착함을 찾아볼 수 없었다. 신문을 읽지도 못했고, 내게 영화를 골라 주지도 않았다.

"내가 이십 년 전에 좋아하던 영화인데, 같이 볼까? 너도 좋아할 거라고 장담할 수 있어!" 하던 모습은 사라졌다. 그날 이후 거실 안락의자에 앉아 이렇게 말했다.

"이제 네가 읽고 싶은 책은 네가 골라도 되잖니. 내 도움이 필요한 시기는 지났잖아."

물론 열두 살이면 취향이 생긴다. 하지만 나는 책을 들고 내 방으로 들어오는 엄마를 무척 좋아했다.

"이 책 한번 읽어 볼까? 분명히 네가 좋아할 거야."

엄마가 침대맡에 앉아 내 어깨에 팔을 두르면 우리는 비스듬히 누워 책을 읽었다. 동화와 소설을 읽었고, 두꺼운 책은 매일 밤 한 꼭지씩, 며칠 동안 읽어 나갔다. 그런데 이 모든 행복에 마침표가 찍혔다. 열엿새 전부터 엄마는 전화기에 붙어서 '가능한 빨리' 진료 일정을 잡고 있었다. 엄마는 몇 시간 동안이나 대기실에서 기다렸고, 녹초가 되어 집으로 돌아왔다. 그리고 우편함을 지켰다. 우편물이 도착하면 후들거리는 손으로 봉투를 뜯었다. 엄마는 검사 결과를 꼼꼼히 읽어 보았다. 아빠가 돌아오면 아빠와 함께 다시 읽었다. 별장에서 보낸 그 주말 이후에 단번에 모든 것이 바뀌었다.

돌이킬 수 없었다.

'돌이킬 수 없다', 무서운 말이었다. 어떻게도 해 볼 수 없다는 뜻이다. 엄마가 그렇게 말하는 것을 들었다. 그 뜻은

결코 되돌아갈 수 없다는 뜻이다. 지금 벌어지고 있는 일의 흐름을 결코 바꿀 수 없다는 뜻이다. 슬픈 동화에서 나오는 말처럼 '운명을 받아들여야 한다' 우리가 선택한 것은 아니지만 받아들일 수밖에 없는 것이다.

당시의 내 몫은 급작스럽게 굳어 버린 집안 분위기, 긴장, 신경이 곤두서 있는 엄마, 불안한 아빠, 시간에 쫓기는 듯이 초조감에 시달리는 두 분을 견디는 것이었다. 부모님은 갑자기 할 일이 많아졌다. 그것도 최대한 빨리 처리해야 했다. 나는 그런 집안 분위기에 적응해야 했다. 내 일을 혼자 해결해야 했고, 그러다가 뒤죽박죽이 되어도 혼자 감당해야 했고, 눈에 띄지 않게 조심스럽게 행동해야 했다. 나는 이제 그다지 중요한 사람이 아니었다.

엄마에게도, 아빠에게도, 중요한 것은 바로 내일이었다. 내일, 엄마는 수술을 받는다. 물론 가벼운 수술이다. 수술이 끝나면 엄마의 병이 어느 정도 진행되었는지 알게 될 것이다. 밤늦게 엄마가 샤를로트 아줌마에게 전화하는 소리를 들었다. 에밀리와 내가 친구가 되자, 엄마도 샤를로트 아줌마와 친구가 되었다. 엄마가 말했다.

"학부모 모임 있잖니. 이제 내가 책임질 수 없게 되었어. 다른 사람이 대신해 주었으면 해. 응급 상황이야. 심각한 것 같아."

샤를로트 아줌마가 위로의 말을 했지만 엄마는 감정에 북받쳐서 한마디도 더 하지 못했다. 엄마는 눈에 눈물이 가득 괴었고, 목구멍에 엉켜 있는 울음소리가 새어 나오지 못하도록 아랫입술을 꽉 깨물고 있었다. 엄마는 숨을 가다듬어 "잘 자"라는 한마디만 할 수 있었다. 그리고 수화기를 내려놓았다. 나는 내 방으로 조용히 도망쳤다. 내가 통화를 다 들었다는 사실을 엄마가 아는 게 싫었다. 엄마는 샤를로트 아줌마에게 수술 일정을 알렸다. 엄마가 수술 결과를 얼마나 두려워하고 있는지 느껴졌다. 엄마는 내게 말했다.

"별일 아닐 거야. 결과가 나오면 이런 걱정 하지 않아도 되겠지."

하지만 엄마 자신도 스스로의 말을 믿고 있지 않다는 것을 이제 알게 되었다. 엄마는 차분하게 말했다.

○ 내 일을 혼자 해결해야 했고, 그러다가 뒤죽박죽이 되어도 혼자 감당해야 했고, 눈에 띄지 않게 조심스럽게 행동해야 했다. 나는 이제 그다지 중요한 사람이 아니었다.

"오른쪽 폐 조직을 조금 떼어 내서 검사를 할 거야."
 엄마는 나를 위해 삶의 힘을 따로 모아 두고 있었다. 친구들에게는 불안을 드러내면서도 내 앞에서는 내색을 하지 않았다.

3

수술이 끝나고 엄마는 병원에서 일주일을 보냈다. 결과가 나오기까지 또 일주일을 기다려야 했다. 아빠는 생물학자였기에 우편물을 읽자마자 희망이 없다는 사실을 알았다. 보고서에 나온 이상한 기호들은, 엄마 폐에 나쁜 세포가 있어서 엄마가 천천히 죽어 가게 될 것이라는 뜻이었다. 아빠는 의사에게 사실대로 알려 달라고 했다. 진실이란 간단명료했다.

"사람이 할 수 있는 일은 아무것도 없다. 완치될 수 없다."

그때 아빠는 내게 사실대로 말하지 않았다.

"아주 힘든 싸움이 오랫동안 계속될 거야. 엄마는 힘든 치료를 아주 오래 받아야 해."

나중에 알게 되었지만, 엄마에게는 이렇게 말했다.

"맞아, 암이야. 하지만 암이라는 병은 환자의 의지가 중요하지. 게다가 초기에 발견했으니까."

가끔 그때를 다시 생각해 본다. 아빠가 내게 충격을 주지 않으려고 거짓말을 했지만, 사실 나는 엄마가 죽을 것을 직감했다. 그래도 아빠의 말을 믿고 싶었다. 터무니없는 희망 때문에. 아빠 역시 과학자임에도 불구하고 기적을 바라고 있었을 테니까. 사실이었다. 암은 초기에 발견되었다. 엄마는 폐의 일부분을 잘라내야 했다. 이번에는 가벼운 수술이 아니었다. 그리고 더 번지기 전에 위험한 세포를 죽이는 화학 치료를 받았다. 항암화학요법이라는 것이었다. 고통스런 치료가 삼 주에 한 번씩 육 개월간 계속되어야 했다.

항암치료가 있는 날이면 나는 두려움에 사로잡혔다. 엄마는 이틀 동안 병원에 머물러야 했다. 첫째 날 아침이면, 엄마는 신경을 곤두세웠다. 화학요법의 부작용이 두려웠기 때문이다. 아빠는 엄마를 병원에 데려다 주고 다음 날 엄마를 데리러 병원에 갔다. 치료를 받으면 엄마는 혼자 운전할 수 없을 만큼 탈진해 버렸다.

화학치료가 있는 날이면 나 역시 집에서 밥을 먹을 수 없었다. 나는 학교 식당에서 저녁을 먹었다. 유치원 때부터 그렇게 하는 아이들도 많았지만, 나는 한 번도 학교 식당에서 저녁을 먹어 본 적이 없었다. 처음에는 굉장히 힘들었다. 운동장에서 보내야 하는 긴 시간 동안 뒤떠드는 소리들이 나를 짓눌렀다. 나는 다른 친구들과 어울리지 못했기에, 무엇보다도 부모님이 오직 나에게만 관심을 갖고 학교에서 있었던 일을 자상하고 진지하게 들어주던 시간을 잃어버린 것이 정말 아쉬웠다.

치료를 받고 병원에서 돌아오면 엄마는 일주일 동안 전혀 딴 사람 같았다. 구역질 때문에 잘 일어나지도 못했다. 엄마

○ 부모님이 오직 나에게만 관심을 갖고 학교에서 있었던 일을 자상하고 진지하게 들어주던 시간을 잃어버린 것이 정말 아쉬웠다.

는 자신이 환자라는 사실을 받아들여야 했다. 엄마는 그것이 공포스러웠던 것이다. 때로 통증이 가벼워질 때면 나를 보고 창백하게 미소 지으며 말했다.

"우리 알리스, 참 안됐구나. 내가 재미있는 엄마가 아니라서."

나를 바라보는 엄마의 눈빛은 맑고 생생하게 빛났다. 나는 뭐라고 대답해야 할지 몰라 잠자코 있었다. 내 삶을 덮친 급격한 변화 때문에 나는 약간 혼이 나가 있었다. 나는 어쩔 줄 모르고 멍하게 엄마만 바라보았다. 엄마가 나를 구해 주었다.

"도대체 글을 읽을 수가 없네. 이번 주말이나 되어야 다시 읽을 수 있을 것 같아. 하지만 너는 도서관에 가서 책을 빌릴 수 있지? 재미있는 이야기책을 한 권 빌려 오겠니?"

그래서 나는 엄마 옆에 누워서 같이 베개를 베고 책을 읽었다. 우화와 민담, 엄마가 좋아하는 이야기들이다. 나도 역시 좋아했다. 여우 이야기, 신밧드, 개구리 왕자…… 우리는 다시 예전으로 돌아갔다. 단지, 지금은 내가 읽어 주고 엄마가 누워서 듣는 것만 다를 뿐. 때로 읽기를 멈추고 엄마랑 단둘이 누리고 있는 조용한 시간을 음미했다. 짧은 순간이지만, 다시 돌아온 행복했던 날의 기쁨을 맛보는 것이다.

4

1차 항암치료가 있고 얼마 지나지 않아 엄마의 아름다운 머리칼이 빠졌다. 의사가 말한 대로였다. 의사는 치료가 끝나면 다시 자란다고 했다. 훨씬 풍성하고 아름답게 자랄 것이라고. 엄마도 모르지 않았다. 엄마 친구 중에도 항암치료를 받은 분이 있기 때문이다. 하지만 막상 엄마에게, 그리고 우리에게 닥치고 나니 끔찍했다. 그토록 아름답고, 그토록 우아한 엄마의 머릿결이…….

다행히 가발은 아주 잘 어울렸다. 엄마가 아픈 줄 모르는 사람들은 꼭 한마디씩 했다.
"미장원 다녀오셨군요!"
"새로 한 머리가 잘 어울리네요."
가발은 성공적이었다. 아무도 의심하지 않았으니. 하지만 나는 모든 것을 알고 있었으므로 힘들게 그 사실을 견뎌 내고 있었다. 어느 날 엄마가 내 방이 너무 지저분하다며 꾸중했을 때, 나는 홧김에 아무 생각도 없이 톡 쏘아붙였다.
"엄마는 어떻고! 엄마 머리는 얼마나 보기 싫은지 알아?"
아! 엄마의 눈에서 얼마나 혹독한 슬픔을 읽었는지. 아! 그 잔인한 말이 아직 내 입안에 있다면 산산히 부숴 버릴 텐데. 엄마는 잠자코 있었다. 내 눈에서 고통을 읽은 것이다. 얼마나 복잡한 침묵이었던가. 눈빛으로 서로를 이해하는 둘 사이에 얼마나 진한 사랑이 흘렀던가. 나는 수치스러웠다. 하지만 아무 말도 하지 않았다. 정말 할 말이 아무것도 없었다. 그리고 나는 엄마가 내 안에 뒤엉켜 있는 복잡한 감정을 훤히 들여다보고 있다는 것을 알고 있었다.

우리는 그럭저럭 '암'이라는 병에 적응하고 있었다. 그렇다는 사실조차 잊을 만큼 우리는 암과 친해졌다. 어떤 날은 평생에 한 번도 아픈 적이 없었던 것처럼 엄마는 건강한 모습이었다. 그렇게 몇 달이 흘렀다. 그동안 우리 모두, 심지어 병의 실체를 잘 알고 있는 과학자인 아빠조차 희망에 젖었다.

"때로는 편안한 마음과 긍정적인 태도가……."

"병을 극복할 수 있다고요?"

"드물긴 하지만 그런 일이 없는 것은 아니지."

그렇다면 엄마는 반드시 암을 이겨 낼 수 있을 것이다. 엄마야말로 정말 특별한 사람이었으니까. 나는 완치를 믿고 있었다. 항암치료는 계속되었다. 치료를 받고 돌아온 날이면 엄마 눈가에 주름이 깊게 패었다. 사나흘 지나고 나면 혈색이 원래대로 돌아왔다.

우리 가족이 지고 가는 암은 시간이 지나면서 훨씬 가볍게 느껴졌다. 4차 치료가 있고서 이주쯤 지난 어느 날 아침을 나는 기억한다. 엄마가 말했다.

"에밀리랑 너를 데리고 외출을 해야겠어. 우리 조상을 만나러 가자."

"우리 조상? 브리에 가는 거야?"

엄마는 웃음을 터뜨렸다.

"아니야. 에밀리 고향은 브리가 아니잖아. 자연사 박물관에 갈 거야. 어서 에밀리에게 전화하렴. 끝내주는 공룡 전시회가 있다고 말해. 따뜻하게 입고 나오라고 해. 박물관에 갔다가 공원으로 소풍 갈 거야."

나는 기뻐서 폴짝폴짝 뛰어다녔다. 에밀리와 나는 선사시대를 좋아했다. 그리고 소풍까지. 날씨도 전에 없이 화창해서 정말 멋진 하루였다. 집에 돌아오면서 생각했다, 어떤 질병도 우리 주변에서 춤추고 있지 않은 것처럼 행복하고 즐거운 하루를 보냈다는 것을. 너무 행복했기 때문에, 암이라는 게 한 토막 나쁜 꿈에 지나지 않는 것 같았다. 정말로, 암은 우리 생각 속에나 있는 것이다. 엄마가 암에 걸렸다니, 그럴 리가 없다. 그럴 수는 없는 일이다. 삶이 어떻게 우리에게 그런 못된 짓을 할 수 있을까?

○ 정말 멋진 하루였다. 집에 돌아오면서 생각했다, 어떤 질병도 우리 주변에서 춤추고 있지 않은 것처럼 행복하고 즐거운 하루를 보냈다는 것을.

하지만 행복한 외출이 있고 얼마 지나지 않아 삶이 감춰 둔 두 번째 폭탄이 터졌다. 응급 수술. '아주 가벼운 수술' 이라고 아빠가 말했다. 하지만 첫 번째보다 훨씬 힘든 수술 이었다. 이번에는 엄마도 내 앞에서 절망감을 감추지 못했 다. 병세가 급속히 악화되고 있다는 것도, 두려움에 떨구는 눈물도, 고스란히 내 앞에 드러났다. 엄마는 내가 보는 앞에 서 샤를로트 아줌마에게 전화를 걸었다.

"일주일 뒤에 2차 수술이 있어."

엄마는 울고 있었다. 그 다음 주 주말에 아빠가 나를 데리 러 학교에 왔다. 엄마는 아직 병원에 있었다. 집으로 돌아오 는 길에 샤를로트 아줌마를 만났다. 그때까지도 대단한 것 은 아니라고 말하던 아빠가 아줌마를 보자마자 말했다.

"너무 안 좋아요."

나중에 아줌마가 말해 준 것이지만, 아줌마나 나는 병의 심각성을 제대로 몰랐다. 우리는 여전히 엄마가 나을 수 있 다고 믿고 있었다. 당시 엄마는 살아 있는 것 자체가 기적일 만큼 악화되었는데, 놀라운 용기로 병과 맞서 싸우고 있었던 것이다. 그 지경까지 이른 줄 꿈에도 몰랐던 샤를로트 아줌마가 물었다.

"수술 결과가 안 좋은가요?"

엄마와 아빠는 친구를 걱정시키고 싶지 않았던 것이다. 그날 오후 샤를로트 아줌마가 엄마에게 전화를 걸었다. 엄마는 즐겁게 전화를 받았다. 그리고 생기 넘치는 목소리로 대답했다.

"나 아주 잘 있어!"

정말로 2차 수술은 아주 가벼운 수술이었다. 배에 찬 물을 빼낸 것 말고는 아무런 조치도 없었다. 내가 봐도 별로 대단한 수술이 아니었다. 샤를로트 아줌마와 내가 나중에 주고받은 얘기인데, 아무것도 안 한 것은 더 이상 아무것도 할 수 없었기 때문이 아닐까? 전화를 끊고 아줌마는 가슴을 쓸어내리며 생각했다고 한다.

"알리스 아빠가 많이 힘든가 보네. 하기는 아픈 사람보다 옆에서 지켜보는 일이 더 못할 일이지."

아빠는 정말로 완전히 진이 빠져 있었다. 엄마가 2차 수술을 받고 난 후에 아빠는 매일 학교에 나를 데리러 왔다 .아빠와 그렇게 자주 같이 있어 본 적이 없었다. 그때는 매일 아빠가 나를 데리러 오는 것이 못마땅했지만, 감히 입 밖으로 꺼내지 못했다.

나를 위해 그리했던 것일까? 딸을 위해, 그리고 당신을 위해 그리했을 것이다. 나를 바라보고 있는 것이 아빠에게 힘이 되었던 것이다. 어린애들이 시끄럽게 떠들고, 소리치고, 장난치고, 서로 떠밀며 교문 밖으로 밀려 나오는 모습이, 아빠를 삶의 이쪽으로 끌어당기고 있었을 것이다.

이제야 알게 된 것이지만, 아빠는 처음부터 모든 것을 알고 있었다. 엄마와 나, 샤를로트 아줌마는 두 번째 수술을 치료를 위한 과정이라 생각했만, 아빠에게는 엄마의 뒷덜미로 단두대의 칼날이 떨어지는 거나 한가지였다. 돌이킬 수 없는 사형선고였다. 그리고 아빠가 옳았다. 엄마는 수술이 있고 석 달 뒤에 돌아가셨다. 엄마의 죽음에 놀라지 않은 사람은 아빠뿐이었다.

5

마지막 날들을 또렷이 기억하고 있다. 봄이었다. 브리의 별장에서 정신없이 뛰쳐나오던 그날로부터 일 년쯤 되던 날이었다. 몹시 덥고 화창한 날에 새들은 푸른 하늘 높이 날고, 수수꽃다리 향기가 천지 사방에 진동하고, 갓 피어난 잎사귀들이 햇살에 반짝이고 있었으며, 화려한 빛깔로 피어난 꽃들에 눈이 시리던 날이었다. 거리를 훑고 지나가던 따스한 바람은 하늘하늘한 치마를 살짝 추켜올리기도 했고, 흰

팔뚝과 종아리를 스치기도 했다. 봄날, 막 태어난 이파리의 연한 초록빛, 여름이 오기 전에만 볼 수 있는 그 어리고 애틋하고 순진무구한 빛깔은 내 마음속에 서럽게 새겨져 있다.

이제 막 힘겹게 세상으로 나온 탓에 연약하게 빛나는 아름다움도, 투명하도록 맑은 새싹의 발랄함과 그 우아함도 한 달을 채 버티지 못하고 사라진다. 그다음에는 여름날 폭풍을 견디는 성숙함과 더욱 선명해진 짙은 초록 빛깔이 천지에 가득하게 될 것이다. 한여름 햇살과 바람과 함께 초록 그림자 놀이에 여념이 없는, 클 대로 커 버린 이파리에서는 봄날 새싹의 모습을 찾아볼 수 없다.

탄생의 봄.

이제 막 솟아나는 삶의 희망을 간직한 어린 잎.

그 희망과 생명력이 어린것들을 그렇게 감동적인 것으로 만든다.

샤를로트 아줌마는 일 때문에 한 달 동안 해외에 나가 있었다. 아줌마는 돌아오자마자 엄마랑 아빠를 저녁 식사에 초대했다. 한낮이었는데 아빠가 전화를 받았다. 한낮에 아빠가 전화를 받다니 이상하지 않은가? 수화기를 든 채로 아빠는 엄마에게 들뜬 목소리로 말했다.

"여보! 샤를로트가 우리를 저녁 식사에 초대했어!"

나는 아빠의 즐거움을 이해하지 못했다. 그렇게 좋아할 일이라곤 없었다. 샤를로트 아줌마가 출장을 떠나던 한 달 전만 해도 엄마는 아직 걸을 수 있었다. 물론 때때로 호흡 곤란 증세가 와서 물에 빠진 것처럼 숨 가빠했고, 산소호흡기를 달았다. 갑자기 극심한 피로감 때문에 침대에서 몸을 일으킬 수도 없을 때는 엄마도 가장 싫어했다.

엄마는 할 수 있는 한 "쉬엄쉬엄 일해 봐야지" 하며 움직이려고 했다. 그런데 열엿새 전부터 상태가 완전히 달라졌다. 격심한 고통과 고열에 시달려서 초췌하게 변해 갔다. 피부는 검게 변했다. 엄마의 몸속에 있는 불덩어리가 엄마를 불태우는 동안 엄마 몸속의 모든 수분은 모두 증발해 버렸다. 엄마는 점점 여위어 갔다. 나는 작아지고 또 작아지는 엄마의 몸을 보았다. 팔다리가 더 가늘어지고 몸집은 점점 오그라들었다.

볼은 움푹 패고 잠깐 사이에 엄마의 몸무게는 35킬로그램이 되었다. 다리는 더 이상 엄마의 체중을 감당하지 못했다. 엄마는 이제 침대에서 일어나지조차 못했다. 아빠는 아무 설명도 없이 샤를로트 아줌마에게 엄마를 보러 오는 것이 어떠냐고 했다. 자리에 누웠다는 말 외엔 아무 말도 하지 않았다. 환자에게 안정이 무엇보다 중요하다는 것과 에밀리를 데리고 오지 말라는 것만 강조했을 뿐.

승강기 문이 열리는 소리가 들리고, 강아지가 문을 긁는 것 같은 작은 소리가 이어졌다. 샤를로트 아줌마가 문을 두드린 것이다. 나는 달려가서 문을 열었다. 우리는 엄마가 몸져 누운 뒤로, 방문을 활짝 열어 놓았다. 샤를로트 아줌마가 들어섰다. 엄마를 본 아줌마의 얼굴에 충격이 스쳤다. 아줌마는 진정하려고 애쓰며 북받치는 감정을 추스르려 했다. 친구의 처참한 모습에서 몰려드는 공포감을 감추려고 무던히 애를 썼다.

십오 일 동안 점점 여위고, 점점 쪼그라들어 윤기를 잃어

가고, 검게 타 버린 얇은 피부 위로 앙상한 뼈가 드러난 엄마의 변화를, 내가 애써 외면하려 했던 엄마의 쇠락을, 아줌마는 사실로 만들어 버렸다. 나는 아줌마와 엄마의 주변을 맴돌았다. 나는 방 청소를 깨끗이 했다고, 내 방을 보러 가자는 말로 죽음의 액자 속에서 아줌마를 끄집어내려고 했다. 아줌마는 반응이 없었다. 아줌마는 내가 아니라 엄마를 보러 온 것이다. 아줌마는 자연스러우려 애쓰며 출장 갔던 이야기를 했다.

"엽서 고마웠어. 얼마나 예쁘던지."

엄마가 말했다. 아마도 아줌마가 위로한답시고 엄마에게 천국의 아름다움에 대해 말했던 것 같다. 하지만 얼마나 무서운 얘기인가! 한여름 쨍쨍한 날, 빙빙 도는 파리처럼 나는 두 사람 주변을 맴돌고 있었다. 나는 아줌마가 빨리 가 버렸으면 좋겠다고 생각했다. 아줌마는 엄마에게 도움이 되지 않는다. 아줌마는 뭔가 중요한 것들에 대해 말하려고 했지만, 결국 찾아낸 것은 진부한 주제들뿐이었다.

아줌마가 엄마의 여윈 손끝을 쓰다듬었다. 이전에 한 번도 둘 사이에 그런 방식으로 친밀감을 표시한 적이 없었다. 둘 다 아무 말도 할 수 없었기에, 둘은 그 몸짓으로 대화하고 있었다. 몸이 불덩이 같은 엄마가 애써 지어 보인 부드러운 표정의 틈으로 고통이 배어 나왔다. 아줌마가 엄마에게 물었다.

"많이 아프니?"

엄마는 간단히 대답했다.

"끔찍하게."

단 한 마디가 엄마가 견디고 있는 고통을 오롯이 드러내고 있었다. 엄마가 항상 끌어안고 있는 얼음 주머니는 실제로 열을 식힌다기보다 열을 식히고 있다는 느낌을 주는 데 지나지 않았다. 엄마 몸속의 불길은 단번에 빙산이라도 녹일 수 있을 만큼 맹렬하게 타오르고 있었다.

아빠가 들어오셨다. 아줌마는 자리에서 일어났다. 아줌마는 아빠가 아니라 엄마를 보러 온 거니까. 아줌마도 나도 이번이 둘의 마지막 만남이 될 거라는 걸 직감할 수 있었다. 나는 에밀리네 집에서 하루를 보내기로 하고 아줌마를 따라 나섰다. 우리가 출발하기 전에 엄마가 나를 불러서 깊고 텅 빈 동굴에서 울려 퍼지는 듯한 목소리로 말했다.

"돌아올 때, 오렌지 사 오는 것 잊지 마, 알리스!"

시장 보는 일이, 아주 사소한 일들이 여전히 엄마에게 중요한 일이나 된다는 듯이. 그 목소리, 그 죽어 가는 육신의 가장 깊은 곳에서 길어 낸, 그 쇠약한 목소리 속에는 아주 먼 곳으로부터 날아오는 듯한 삶의 의지가 담겨 있었다. 자신의 육신에서 고통스럽게 뽑아 올린 그 목소리, 결국 가쁜 숨결에 묻혀 버린 미약한 목소리에는 내게 내리는 단호한 명령이 들어 있었다.

"알리스, 오렌지 사 오는 것 잊지 마!"

이 말은 내게 이런 뜻이었다.

"살아라, 내 딸아, 살아야 한다."

○엄마가 나를 불러서 깊고 텅 빈 동굴에서 울려 퍼지는 듯한 목소리로 말했다.
 "돌아올 때, 오렌지 사 오는 것 잊지 마, 알리스!"
 시장 보는 일이, 아주 사소한 일들이 여전히 엄마에게 중요한 일이나 된다는 듯이.

6

나중에야 알았지만 이때 엄마는 이미 삶을 떠나 있었다. 엄마는 저 너머, 다른 곳에 있었다. 엄마 안에는 삶의 희망도 사라졌고, 또 '나는 살 수 있을까?' 하는 생각도 사라졌다.

   엄마는 죽음을 받아들였다. 엄마는 우리도, 자기 자신도, 삶도 가로질러 건너가 버렸다. 엄마는 더 이상 삶에 집착하지 않았다. 엄마는 우리 세계에 있지 않았다. 엄마는 이미 멀리 가 있었다. 죽음에 더 가까이. 그럼에도 일상의 흐름을 바꾸려고 하지 않았다. 아빠와 엄마가 공모 관계에 있었다는 것을 엄마가 돌아가시고 나서 알았다. 마지막 한 달 동안 두 분은 가장 어려운 단계를 넘어섰다. 두 분은 얼굴을 맞대고 죽음을 받아들였던 것이다.

"난 곧 죽겠지요."

"그래, 당신은 곧 죽겠지."

두 분이 이 말을 입 밖으로 꺼내기까지 일 년이 걸렸다. 이제야 부모님은 웃고 장난치며, 엄마가 세상을 떠난 후의 계획을 세울 수 있게 되었다.

진실을 있는 그대로 받아들이고 나서 두 분의 관계는 거의 숭고해졌다. 이제 남은 일은 잘 죽는 일뿐이었다. 엄마도 잘 알고 있었다. 엄마는 온몸으로 그 사실을 느끼고 있었다. 엄마는 자신의 죽음을 받아들였다. 아빠에겐 훨씬 더 힘든 일이었을 것이다. 아빠가 살아가는 힘은 전적으로 엄마에게서 나왔기 때문이다. 아빠는 엄마를 피해 슬픔에 잠긴 얼굴로, 할아버지와 할머니와 친구들에게 간간히 소식을 전해야 했다.

아빠가 내게 이 모든 것을 털어놓고 나서야 나는 이해할 수 있었다. 그날 샤를로트 아줌마의 전화를 받고 왜 그렇게 신이 난 목소리로 엄마를 불렀는지.

"여보! 샤를로트가 우리를 저녁 식사에 초대했어!"

엄마 앞에 닥칠 일에 비하면 식사 초대 따위는 얼마나 하찮은 일인가? 하지만 내 머릿속에 새겨 놓은 말, 오렌지 사는 것을 잊지 말라는 말은 분명하게 말하고 있었다. 아무리 사소하더라도 죽음의 순간에는 그 사소한 것들을 사랑해야 한다고.

에밀리네 집에서 돌아오면서 나는 과일 가게에 들러 오렌지 1킬로그램을 샀다. 엄마는 내가 오렌지를 들고 들어오는 모습을 보지 못했다. 엄마는 잠든 듯이 보였다. 그렇지만 엄마의 흔들리는 눈꺼풀에서 나는, 참 잘했다고 칭찬하는 소리를 들었다.

그날이 왔다. 아빠가 불안에 휩싸인 표정으로 나를 위층 집으로 올려 보냈다. 자정 무렵 초인종이 울렸다. 아빠였다.

온통 눈물범벅이었다. 엄마가 숨을 거둔 것이다. 이웃집 아주머니가 아빠를 말렸다.
"애가 보면 안 돼요!"
아빠가 띄엄띄엄 말을 이었다.
"오래전부터 생각하고 있었어요."
아빠의 두 눈은 간절히 아주머니에게 이해를 구하고 있었다. 그리고 미안하다는 듯이 낮은 목소리로 말했다.
"그 애가 봐야 합니다."
아빠는 말로 다 할 수 없는 슬픔의 소용돌이를 가슴에 껴안은 채 단호하게 내 팔을 붙들고 어두운 계단을 내려갔다. 아빠의 뺨에는 눈물이 주르르 흘렀다. 아빠는 내 손을 굳게 잡고 있었다. 나는 엄마 방의 문턱을 넘었다. 순간 온몸이 뻣뻣해졌다. 엄마가, 엄마가 더 이상 움직이지 않았다. 엄마가 더 이상 숨 쉬지 않았다. 엄마의 입술 사이로 숨 한 가닥도 빠져나오지 않았다. 얼음장 같은 두려움이 나를 덮쳤다. 현실에 있는 것 같지가 않았다.
엄마를 붙들고 싶었다. 다시 살아나라고 떼를 쓰고 싶었다. 나는 엄마를 사랑하니까, 그리고 엄마도 나를 사랑하니까. 엄마가 나를 떠났다는 사실을, 정말로 떠나 버렸다는 사실을 믿을 수가 없었다. 엄마가 우리에게 이럴 수는 없는 노릇이었다. 가슴이 터질 것 같았다. 나는 엄마에게 다가갔다. 엄마를 안아 보았다. 한 자락의 생명도 남아 있지 않은 엄마의 몸을 바라보는 것은 견딜 수가 없었다.

훨씬 나중에 그 무서운 장면을 목도하도록 한 아빠의 뜻을 알게 되었다. 적어도 나는 죽음의 얼굴을 본 것이다. 죽음은 거역할 수 없다는 것을 알게 된 것이다. 엄마는 이미 알고 있었기에 죽음을 품위 있게 받아들일 수 있었다. 그 후 내가 천착한 것은 엄마의 품위였다. 나를 계속 살아가게 한 것은 엄마였다. 어떤 일이 있더라도, 심지어 죽음이 눈앞에 와 있다 할지라도 오렌지를 사 오는 것을 잊어서는 안 되는 것이다. 삶은 계속되니까. 아직도 엄마는 내게 그렇게 말하고 있다.

아빠는 엄마의 팔을 쓰다듬고 있었다. 그리고 눈물에 범벅이 된 얼굴을 들어 흐느낌에 요동하는 목소리로 내게 말했다.

"엄마가 마지막으로 남긴 말이 뭔지 아니?"

"……."

"행복했어요."

○ 훨씬 나중에 그 무서운 장면을 목도하도록 한 아빠의 뜻을 알게 되었다. 적어도 나는 죽음의 얼굴을 본 것이다. 죽음은 거역할 수 없다는 것을 알게 된 것이다.

7

 행복했어요! 행복했어요! 사실이었다. 이 말은 오랫동안 나를 따라다니며 가장 혹독했던 날에도 나를 파멸에서 지켜주었다. 악쓰지 마라, 울지 마라, 어쩔 수 없는 운명에 저항하지 마라. 받아들이기 힘든 사태를 마주하더라도 분노를 폭발하는 것은 추하다. 어찌 되었든 그건 그냥 그런 거니까.
 부모님이 그런 태도까지 도달하게 된 데에는 보통 이상의 용기와 힘이, 더불어 오랫동안 나를 버티게 했던 삶에 대한 사랑이 필요했을 것이다.

　엄마가 돌아가시고 이주쯤 지나서 크리스틴 이모와 알랭 이모부가 와서 우리와 함께 살았다. 이모는 엄마가 외할머니로부터 사진을 물려받았다고 했다. 금색, 붉은색의 벨벳 천으로 안쪽이 치장된 커다란 상자에 담겨 있다고 했다. 이모는 위로가 되지 않겠느냐며 그 상자를 찾으러 가자고 했다.

　자매의 어린 시절 사진이었다. 이모가 한 장 한 장 설명해주었다. 갓난아기가 포대기에 싸여 유모차에 누워 있는 사진이었다.

　"이게 네 엄마 갓난아기 때 사진이야. 여기 왼쪽에 다리가 가느다란 여자애가 나야. 어제 찍은 것처럼 뚜렷이 기억나는구나. 난 다섯 살이었어. 우아하게 차려입은 엄마가 자랑스러웠지. 보이지, 여기 무거운 드레스에 챙 넓은 밀짚모자를 쓰고 있는 외할머니, 정말 잘 어울리지 않니? 내가 작고 파란 손가방을 들고 있지? 우리 도시락 가방이야."

　나는 아가 얼굴에서 엄마의 모습을 찾아보려고 바짝 다가

갔다.

"얘가 엄마예요?"

내 목소리는 들떠 있었다. 웃음과 눈물이 엉켜 목구멍을 탁 막았다.

그리고 엄마 초등학교 때 사진이었다. 엄마는 두 번째 줄 선생님 뒤에 있었다. 땋은 머리를 늘이고 있었다. 아빠도 우리와 함께 식탁에 앉아 애정이 가득한 눈으로 사진을 보고 있었다. 이모가 다른 사진 한 장을 추려 냈다. 열여섯 살 때 해변에서 수영복 차림으로 찍은 사진이었다. 키 크고 호리호리한 소녀가 자기 키만큼이나 기른 긴 머리를 바닷바람에 날리고 있었다.

"아름답구나!"

아빠는 정신이 번쩍 든 것처럼 파르르 떨었다. 다음 사진을 보며 아빠는 사진 속의 인물들을 보고 킬킬댔다. 두 남녀가 사랑에 빠진 표정으로 서로의 눈을 바라보고 있었다. 당시에 유행하던 연출 사진인 것 같았다. 촌스럽고 많이 웃겼다. 그래도 나는 이 사진이 좋았다. 둘은 정말 어려 보였다.

별로 진지해 보이지도 않았다. 아이를 갖지도 않을 것이고, 당연히 나의 부모가 되지도 않을 사람이었다. 사진 속의 연인은 영 아니어서 어른이라기보다는 철부지 같았다. 그다음은 낭만적인 결혼식 사진이었다. 엄마는 앳되 보이고, 아빠는 사랑에 깊이 빠진 것 같았다. 두 분은 정말 많이 사랑했다. 사실이다. 엄마는 행복했을 것이다.

우리들의 삶이 엄마에게 미소 짓던 순간들을 이야기하며 이모와 이모부가 우리 집에서 머문 이 주 동안 우리는 그럭저럭 엄마의 빈자리를 메울 수 있었다. 인생이 엄마에게 그런 축복을 내렸다는 것과 우리가 엄마와 그 축복을 함께 나누었다는 사실에 행복했다. 그러다가 느닷없는 분노가 내 마음을 틀어쥐었다. 우리가 정말 복 받은 사람들이라면 왜 갑자기 행복이 끝났을까? 왜 갑자기 우리는 불행해졌을까? 영원한 행복이란 없는 것인가? 죽음을 품고 있지 않은 삶은 없는 것인가? 가혹한 인간의 조건이 느닷없이 머릿속을 가득 채웠다. 그때 아빠가 엄마의 명령을 되살려 주었다.

엄마는 삶에 대해 말했는데도…… 밤이 되면 관 속에 똑

○엄마는 삶에 대해 말했는데도…… 밤이 되면 관 속에 똑바로 누워 있던 엄마의 모습과 아무도 열 수 없도록 단단히 못질한 상자와 그 위에 쌓인 흙덩어리들이, 침묵이, 막 떠낸 흙 위에 놓인 꽃들이 자꾸만 눈앞에 어른댔다.

바로 누워 있던 엄마의 모습과 아무도 열 수 없도록 단단히 못질한 상자와 그 위에 쌓인 흙덩어리들이, 침묵이, 막 떠낸 흙 위에 놓인 꽃들이 자꾸만 눈앞에 어른댔다.

  대기는 무겁고 하늘을 가로지르는 새들은 지저귀었다. 무성한 수풀 위로 벌레들은 웅웅거렸다. 우리는 깨끗한 상복 안쪽에서 폐허가 되어 있었고, 슬픔만이 그 폐허 위에 유령처럼 거닐었다. 우리는 텅 빈 채 고통과 설움으로 목이 메었다. 이제 아빠와 나, 둘만 남아서 서로의 팔에 의지해야 한다. 돌아가신 엄마의 모습과 '엄마는 죽었다'는 말이 여전히 내게는 낯설었다. 실감이 나지 않았다. 생각할 수도 없고, 이해할 수도 없었다.

8

이모와 이모부가 떠나고 나서, 나는 차가운 흙 속에 묻혀 있는 엄마를 잊으려고 무던 애를 써야 했다. 한동안 손님들이 찾아왔다. 우리는 잠시라도 우리를 슬픔에서 건져 줄 수 있는 그들을 정성껏 맞아야 했다. 아빠는 집안일을 거드는 편이 아니었다. 어떤 것은 아빠보다 내가 더 잘했기에 아빠는 내게 의지했고, 나는 아빠를 도와야 했다. 그러다 보니 집안일은 내 차지가 되었다.

하지만 밤은 끔찍했다. 아무렇지 않은 표정으로 하루를 보내는 동안 내 속에 서리서리 쟁여 있던 고통과 두려움이, 창백히 관 속에 누운 엄마의 모습과 함께 악몽의 표면 위로 떠오르는 것이다. 나는 허우적대다가 비명을 지르며 벌떡 일어나고는 했다. 그 무서운 장면에 사로잡혀 침대에 우두커니 앉아 있었다.

나 역시 살고 싶지 않았다. 언젠가 나도 죽을 거고, 많은 사람의 죽음을 지켜보며, 매 순간 죽음을 준비하고 있어야 한다면, 지금 살아 있는 게 뭐 그리 무슨 좋은 일이란 말인가. 무섭도록 진저리가 났다. 나는 정신이 나가 있었다. 아빠가 왔다.

"비명을 지르더구나. 많이 안 좋니?"

"네, 정말이지……."

아빠는 내 머리를 쓰다듬으며 말했다.

"잘 안다. 물 한잔 가져다줄게."

나를 진정시키기 전에 아빠도 북받치는 심정을 가라앉혀야 했다. 나는 천천히 물을 마셨다. 아빠는 살며시 내 옆에 누웠다. 나는 다시 눈을 감았다. 마음이 조금 편안해졌다. 그렇더라도 해가 뜰 때가 되어서야 간신히 잠이 들었다. 아침부터 둘은 너무 지쳐 있었다.

시간이 흘러 악몽은 서서히 사라졌다. 하지만 아주 오랫동안 나는 우리 집이 아닌 다른 곳에서 잠들지 못했다. 아빠가 내 옆에 있어야 했다. 아빠가 문밖을 나서면, 설령 빵을 사러 갔다 해도 내게는 꼭 죽으러 나간 것만 같았다. 트럭이 치고 지나가는 것은 아닐까? 심장 발작을 일으킨 것은 아닐까? 하는 생각에 아빠가 내 눈앞에 보이지 않으면 진정할 수가 없었다.

 시간이 더 흘러 아빠 없이 몇 시간을 견딜 수 있게 되었다. 에밀리와 함께 있을 때였다. 학교에서 나는 에밀리 곁을 한 발짝도 떠나지 않았다. 다른 이들과 주변 사물들은 아득히 먼 곳에 있는 것 같았고, 영원히 가까워지지 않을 것 같았다. 나는 이방인이었다. 나를 불쌍하게 여겨서가 아니라 제 일처럼 마음이 아파서 에밀리는 일상의 작은 일들을 시시콜콜 내게 말했다. 점점 에밀리의 이야기는 나를 '이전'의 세계로 이끌었다. 삶의 의욕을 되돌려주었다. 가끔 무서운 현실이 잊힐 때도 있었다. 나는 이전처럼 농담하는 법과 웃는 법을 배워 나갔다.

에밀리와 함께 시간을 보내는 오후 동안은 그랬다. 하지만 갑자기 해가 지고 아빠가 돌아오면 잔인한 현실이 눈앞에 고스란히 돌아와 있었다.

"참말이구나, 참말이구나, 엄마는 이제 없구나."

죽음이 그처럼 거대한 것이 아니기를, 그리하여 내가 조금이나마 이해할 수 있는 것이기를 간절히 바랐다. 그러나 죽음은 나의 이해 영역을 넘어서 있었다. 죽음은 나를 공포로 몰아넣었다. 내 안에 광기를 끌어들였다. 만약 죽음이 하나의 사물이었다면 죽음을 만져 보고, 손끝으로 더듬으며, 두 팔로 꼭 끌어안을 수 있었을 것이고, 그랬다면 덜 두려워했을 것이다. 하지만 나는 어둠만이 가득한 심연을 마주하고 있었다. 나는 공포에 질려 그 앞에 망연히 주저앉아 있었고, 매일매일 순간순간 소름이 돋도록 엄마가 보고 싶었다.

엄마가 신음하는 소리를 들었고, '어떻게 하지' 하며 엄마를 보러 안방으로 갔다가 휑한 자리를 마주하고 서 있었다. 그리고 그제야 '엄마는 이제 없지' 하고 간신히 깨달았다.

발밑의 땅이 갈라져 나를 삼키려고 하는 것 같았다. 간절히 바랐다. 엄마가 여기 있었더라면, 다른 애들처럼 내게 엄마가 있었더라면, 병들어 누워 있을지라도 엄마가 이 자리에 있었더라면, 단지 내 앞에 있기만이라도 해 줬으면……!

이전에는 한 번도, 한순간도 질병이나 죽음이 우리를 찾아올 것이라고 생각하지 않았다. 병든 엄마나 엄마를 일찍 여의는 이야기는 안쓰럽고 눈물 나고 재미있는 이야깃거리이긴 하지만 그건 그냥 이야기 속에서 일어나는 일일 뿐, 나와는 아무 관련도 없었다.

○해가 지고 아빠가 돌아오면 잔인한 현실이 눈앞에 고스란히 돌아와 있었다.
"참말이구나, 참말이구나, 엄마는 이제 없구나."

9

 하지만 잘 살아야 했다. 깔끔하게 살아야 했다. 엄마가 없어도 사는 법을 배워 나가야 했다.
 처음에 아빠는 정말로 엉망이었다. 아침 일찍 나가서 밤 늦게 들어오고, 시장을 볼 줄도 모르고, 식사를 준비할 줄도 모르고, 청소도 할 줄 몰랐다. 몇 년 전부터 엄마는 집안일에 신경을 쓰려고 반일제 근무를 했다. 아빠도 집안일을 안 하려고 했던 것은 아니다. 사실 연구소에 있는 시간이 너무 길었기 때문에 짬을 낼 수가 없었다. 엄마는 그런대로 이런 상황에 적응해 있었다. 우리 집은 가사 분담 문제가 불거진 적 없이, 그럭저럭 잘 굴러갔다. 아빠가 일찍 들어온댔자 별로 하는 일도 없었다. 우리가 상을 차리는 동안 안락의자에서 몸을 일으켜 재미없는 농담을 던질 때도 있었다.

"마초여, 영원하라!"

엄마가 요리하는 동안 아빠는 그릇을 나르고 나는 식탁을 차렸다. 그리고 아빠는 샐러드에 뿌릴 소스를 만들며 이렇게 외쳤다.

"가만히 앉아서 신문이나 읽으며 여인들의 시중을 받을 수 있으면 얼마나 좋을까. 말할 것도 없이 꿈일 뿐이지만!"

엄마는 내게 한 눈을 찡긋하며 말했다.

"네 아빠는 자기가 대단한 사람인 줄 아는 모양이야. 착각은 자유지만."

그러면 아빠가 살금살금 다가가서 엄마의 허리를 감싸 안고 말했다.

"솔직히 말해 봐요. 당신이 진흙 속의 진주를 발견했다고 말이야."

엄마는 "맞아요, 그걸 왜 모르겠어요" 하며 아빠 품에 안겼다. 이제는 완전히 다르다. 연구소 일과 집안일, 모두를 감당하기 어려워진 아빠는 자기가 익숙하지 않은 거의 모든 일들을, 그러니까 집안일을 내게 떠넘겼다. 장거리 목록을 작성해라, 장 봐라, 저녁 식사 준비해라, 가는 길에 빨래방에 들러라, 하고 매일매일 말했다. 그러면 아빠가 퇴근하고 와서 도와주겠노라고.

"언제 이걸 다 한다지."

나는 쓸쓸하게 웃으며 혼잣말을 했다.

아빠는 집안일에 대해 정말 아무것도 몰랐다. 말할 것도 없이 열세 살짜리 여자애가 할 수 있는 일이 어디까지인지를 아빠는 알지 못했다. 대화가 필요했다. 안 그랬다가는 집안일의 굴레에서 영영 벗어날 수가 없었다. 나를 자발적인 사람으로 키우겠다는 핑계를 대며 아빠는 미안함조차 느끼지 않았다. 오히려 평범하게 살아가는 내 또래들을 비웃었다.

"그 나이에 말이야, 걔네들은 아직도 젖내 나는 어린애잖아. 나는 내 딸이 어리광쟁이로 크는 것이 싫다. 나는 네가 네 일을 스스로 해결해 나가기를 바라. 너는 어른스럽잖아. 시시콜콜 자식 일에 간섭하며 꼭두각시처럼 다루고 싶지 않단다."

어떤 면에서 아빠는 옳다. 나는 집에 무엇이 필요한지 알아서 해결할 수 있었다. 사실 그런 일이 재밌었다. 나는 요리도 제법 할 줄 알아서 친구들을 저녁 식사에 초대하기도 했다. 오븐 속에서 달걀이 펑 하고 터지거나 하면 우리는 자지러지게 웃었다. 어떤 날은 크래프가 눌어붙기도 하고, 또 어떤 날은 아예 크래프가 날아가서 우리 고양이 세자르의 머리 위에 떨어지기도 했다. 그러면 세자르는 꼭 베레모를 쓴 목동 같았다.

나는 확실히 자유와 독립성에 기쁨을 느꼈다. 가사일을 도맡는 것이 당연하다는 생각까지 들었다. 이제 우리 둘이 헤쳐 나가야 하니까.

○아빠는 집안일에 대해 정말 아무것도 몰랐다. 말할 것도 없이 열세 살짜리 여자
애가 할 수 있는 일이 어디까지인지를 아빠는 알지 못했다.

10

나는 더 씩씩해지기로 했고, 할 수 있는 한 아빠를 도우려고 했다. 하지만 점점 삶의 고단함이 열세 살 소녀에게 찾아왔다. 할 일이 너무 많았다. 한번만 팔 걷어붙여 해치우고 끝이라면 얼마나 좋을까? 하지만 일상은 전혀 그렇지가 않았다. 끊임없이 반복되는 청소, 설거지, 요리, 빨래, 시장 보기. 나도 내 또래들처럼 친구들과 함께 공부하고, 숙제하고, 음악 듣고, 운동하고 싶었다. 내 나이에는 얼마나 소중한 것인데…….

하지만 나는 가사를 돌봐야 했다. 친구들은 그런 것은 생각도 안 했다. 나는 친구들의 자유가 부러웠다. 가끔 친구들과 놀다 보면 장 보는 것도 잊고, 아빠가 들어올 때까지 밥 해 놓는 것도 잊을 때가 있었다. 그런 때면 아빠는 잔뜩 골을 냈다.

"알리스! 아빠는 할 일이 없는 줄 아니? 너는 다른 할 일이 없잖니. 네게 부탁한 건 식사 준비 하나밖에 없잖아. 그런데 그걸 잊어? 넌 어린애가 아니야, 너무하는구나."

어느 날 나도 참지 못하고 폭발하고 말았다.

"아빠도 마찬가지야. 너무하잖아. 나를 아빠 마누라라고 생각하는 거야. 아빠 마누라가 할 일을 내가 대신하기를 바라는 거야. 내가 마누라 대신이냐고. 잘 봐, 아니야, 아니라고! 난 아빠 마누라가 아니야. 아빠 마누라는 죽었어. 알기나 해? 난 아빠 마누라가 아니라고."

아빠는 멍하니 서 있었다. 얼굴이 창백해졌다. 나는 울음을 터뜨렸다. 아빠가 내게 다가왔다. 아빠는 떨고 있었다.

힘없는 목소리로 내게 속삭였다.

"내가 지금까지 무슨 짓을 한 걸까. 네 말이 옳다. 백번 옳아."

그리고 아빠는 나를 가만히 안았다.

"그게 그러니까, 너무 힘들구나. 그리고……."

아빠는 말을 잇지 못했다. 하지만 나는 아빠가 무슨 말을 하고 싶은지 알고 있었다.

'엄마가 보고 싶구나. 너도 엄마가 보고 싶고, 우리는 엄마가 보고 싶어. 둘 모두에게 엄마가 필요해.'

아빠는 내 볼에 입 맞추었다.

"우리 좀 더 생각해 보자꾸나. 좀 더 잘 살고 좀 더 행복해져야겠구나."

우리는 가볍게 저녁을 먹었다. 아빠는 내게 너무 많은 것을 요구하고 있었다는 것을 깨달았다. 난 겨우 열세 살짜리 여자애일 뿐인데……. 아빠가 이해해야 했다.

처음에는 여러 군데에서 식사 초대를 받았다. 나는 아빠에게 물었다.

"왜 싫다는 거야?"

"다른 사람들에게 의지하면 안 되기 때문이지. 우리 일은 우리가 해결할 수 있어. 약속할게. 아빠도 앞으로 열심히 할게."

이후 아빠는 많은 일을 맡았다. 그래서 나에게도 시간이 조금 생겼다. 아빠는 이전보다 훨씬 더 시간 관리를 잘했다. 그랬지만 여전히 나는 또래들보다 훨씬 바빴다. 그래도 아빠가 나를 돕고 있다는 생각에 기운이 났다. 내가 가사를 돌보는 것은 피할 수 없었다.

또 이런저런 일을 하는 것이 빈집을 멍하니 지키고 있는 것보다 훨씬 나았다. 아빠는 점차 친구들의 저녁 초대에 응하기 시작했다. 저녁 하기가 싫어서일까, 생각했지만 그보다 적적한 식탁을 견딜 수 없었던 때문인 것 같았다.

이 시절 중요한 사실을 알게 되었다. 기억 속에 단단히 새겨 두었다. 힘든 시절이면 되새겨 본다. "인간은 인간을 위해 무엇인가 할 수 있다." 불행의 구덩이 밑바닥에 쓰러져

○ '엄마가 보고 싶구나. 너도 엄마가 보고 싶고, 우리는 엄마가 보고 싶어. 둘 모두에게 엄마가 필요해.'

있을 때라도 이 세상의 누군가는 나를 위해 무엇인가 할 수 있다. 삶의 의미가 사라져도 누군가는 내 길을 밝혀 줄 것이다. 그러니 마지막 남은 힘을 다해서 누군가를 만나려 애써야 한다.

아빠와 나는 주변 사람들에게 기대지 않으려고 그리고 우리가 짊어진 불행의 무게를 주변에 전하지 않으려고 무던히 애썼다. 우리를 식사에 초대했던 그분들을 잊을 수 없다. 그분들은 진정한 우정으로 우리를 맞아 주었고, 우리의 아픔에 진심으로 공감했다. 아빠와 나를 따뜻하게 맞아 준 분들 덕분에 우리는 위로받았다. 그분들 눈에 아빠와 나는 동정이나 연민의 대상이 아니었다. 그저 다들 사랑하는 이를 잃은 슬픔을 함께 나누었을 뿐이다.

점점 이러한 만남을 통해서 아빠와 나는 안정을 찾아 갔다. 다시 삶의 기쁨을 찾은 것이다, 마치 엄마가 여전히 우리 곁에 있는 것처럼. 엄마를 알고 있는 모든 사람들의 마음속에서 엄마는 계속 살아 있는 것 같았다. 무엇보다 엄마 친구들을 만날 때면 더욱 그런 느낌이었다. 그런데 어느 순간부터인가 나는 수치심이 들었다. 엄마가 돌아가시지 않았다면 그분들이 그렇게 따뜻하게 우리를 맞아 주었을까? 내게 그렇게 많은 선물을 주었을까? 예를 들면 내 앙고라 고양이 같은 경우 말이다.

나는 몇 년 전부터 앙고라 고양이를 기르고 싶었다. 엄마가 돌아가시고 나서 이웃집 아주머니가 고양이를 선물해 주었다. 고양이를 안고 아주머니가 우리 집으로 들어오던 그날 저녁, 얼마나 기뻤는지 모른다. 나는 고양이를 품에 안고 쓰다듬었다. 그리고 밤이 되었다. 나는 잠들 수 없었다. 도무지 잠이 오지 않았다. 엄마가 돌아가셨기 때문에 나는 고양이를 얻었다. 엄마가 죽은 '덕분에' 받은 선물을 어떻게 아무렇지 않게 가질 수 있을까? 결국 잠을 이루지 못하고 아빠를 깨웠다. 아빠가 말했다.

"그래, 그렇게 생각할 수도 있지. 하지만 한 치 앞만 보고 사는 게 아니라면 말이야…… 걱정하지 마. 고양이는 삶이야, 오렌지 1킬로그램처럼. 우정이고 사랑이고 따뜻함이지. 너를 사랑하는 사람들이 너에게 주는 삶의 선물이야. 친구들이 너에게 이렇게 말하고 있는 거야. '우리가 여기 있어, 널 위해 우리가 무언가 할 수 있어. 알리스, 너는 살아야 해', 마음 놓으렴. 고양이를 받아도 돼."

고양이와 내 이불 속에서 함께 잠들었던 그날 밤 얼마나 행복했는지 모른다. 또 이런 아빠가 있어서 얼마나 든든했는지 모른다. 이렇게 내 마음을 알아주다니. 우린 정말로 친구 같은 부녀가 될 수 있을 것 같았다.

11

엄마가 떠난 지 여섯 달이 지났다. 아빠도 나도 일상을 찾았다. 집안일도 많이 정돈된 것 같았다. 하지만 어느 순간부터 점점 아빠와 단둘이 식탁에 마주 앉는 것이 무섭고 끔찍해지기 시작했다. 점점 저녁 식사에 누군가 초대하는 일이 잦아진 것을 보면 아빠도 나만큼 밥상이 불편했던 것 같다. 우리는 단둘이 마주 앉는 자리를 피할 방법을 찾고 있었다. 둘 다 슬픔에 잠겨 있었기 때문에 함께해 봤자 슬픔만 도드라

질 뿐이었다.

아빠가 나 하나를 보고 살아간다는 사실에 허한 마음이 채워지기도 했다. 그러면서 동시에 다른 한편으로 수치스럽기도 했다. 엄마가 없기 때문에 아빠는 이제 나만 보고 산다. 그게 행복할 일인가? 나는 점점 지쳐 갔다. 어른들이 보여 주는 관심 어린 말들이 낯설었다. 내 이야기도 당연히 아빠에게 낯설었을 것이다. 대화는 오래 지속되지 못하고 짧게 끝나고는 했다. 일상적인 잡담도 처음과는 달리 우리 둘의 슬픔을 덜어 주지 못했다.

우리는 서로를 잘 알고 있었고, 더 이상 서로를 '길들일' 필요를 느끼지 못했다. 아빠는 상냥하고 주의 깊게 내 이야기를 들었으며, 세심하게 배려해 주었다. 하지만 그러려고 애쓰고 있는 것을 한눈에 알 수 있었다. 어떤 때는 내가 옆에 있어도 넋을 잃고 먼 산만 바라보았다. 무언가 잃어버린 것이다. 아빠에게 내가 채울 수 없는 빈자리가 있는 것이다. 그건 나도 마찬가지였다. 우리는 서로가 거슬리고 부담스러웠다. 엄마는 무서운 공백을 남기고 간 것이다. 아빠도 나도 서로에게 엄마의 빈자리를 채워 줄 수 없었다.

어느 날 아빠가 비르지니를 내게 소개했다. 숨이 턱 멎는 것 같았다. 단 한 순간도 아빠가 다른 여자와 사랑에 빠지리라고 생각해 본 적이 없었다. 엄마의 자리에 다른 여자가 들어앉는 것은 상상할 수도 없는 일이다.

 다른 두려움도 있었다. 둘은 어떻게 만난 것일까? 아빠는 일이 끝나면 바로 집에 들어왔고, 나와 함께 집안일을 했다. 짬이라고는 전혀 없었다. 서로 마주하고 있는 시간이 서로를 슬픔의 구덩이로 밀어 넣는 것밖에 안 되었다 할지라도, 하루하루 이어지는 이 생활이 바뀔 수 있을 것이라고는 생각하지 못했다. 사실을 말하면, 난 앞날에 대해 전혀 생각하지 않았다.

 표면적으로 진정된 듯이 보이는 우리의 깊은 상처와 슬픔 속에서 내가 몽유병 환자처럼 떠돌고 있었다 해도 어쨌든 우리는 살아남았으니까. 그렇게라도 살고 있었으니까. 그만하면 성공적인 것 아닌가? 그런데 아빠가 여자 친구를 집에 데려왔다. 엄마보다 조금 더 젊었지만 엄마보다 예쁘지는 않았다. 아빠에게 그대로 말했다. 너무 야비한 짓이었을까?

머릿속에 수많은 질문들이 떠다녔다. 언제 어떻게 만난 것일까? 머리가 터질 것 같았다. 허를 찔린 것이다. 입안에서 계속 맴도는 질문은 바로 이거였다. 언제? 어떻게? 뜬금없이 무서운 생각에 사로잡혔다. 혹시…… 엄마가 병석에 있을 때 만났을까? 더 멀리 나갈 수가 없었다. 아니다, 그럴 리가 없다. 그럴 리가 없어. 온몸이 불덩이처럼 타오르는 엄마와 엄마의 이마에서 땀을 닦아내던 아빠의 모습이 떠올랐다. 마음이 한결 가벼워졌다. 그랬을 리가 없다. 언제 만났을까? 일하다가? 그랬을 수도 있다. 비르지니도 아빠처럼 생물학자라니까.

아빠가 먼저 이야기를 꺼냈다, 학회에서 만났다고. 그녀 역시 외로웠다고 한다. 결혼한 적도 있다. 아이를 갖고 싶었지만 잘 안 되었다. 그럼에도 행복했던 시절도 있었으나 그 시절이 가고 힘든 삶을 살게 되었다. 이제는 누군가 만나서 새 삶을 시작하고 싶었다. 그 다음 학회 때에도 연구실 모임

이 있을 때도 분과 모임에서도 둘은 다시 만났다.

아빠의 설명을 듣고서 나는 안도의 한숨을 쉬었다. 거의 박수를 치고 싶을 지경이었다. 가만히 되짚어 보면 몇 달 동안 아빠는 전보다 늦게 들어왔고, 주말에 외출이 잦았다.

"일 때문이 아니었어?"

비르지니가 가고 나서 아빠에게 물었다.

"꼭 그런 건 아니었어."

아빠는 얼굴을 붉혔다.

"나한테 거짓말한 거야?"

"확실해지기 전에는 아무것도 말할 수가 없었어."

거의 애원하는 목소리였다.

아빠는 얼굴이 빨개졌다. 아빠는 아무 말도 못하고 그저 내 처분만 기다리고 있었다. 나는 아빠를 순순히 놓아주고 싶지 않았다. 거짓말의 대가를 치르게 하고 싶었다. 아빠가 몇 초라도 더 고통스러워 하기를 바랐다. 하지만 마음 저쪽 구석에서 또 다른 내가 '아빠는 달리 어떻게 해 볼 수가 없었던 것'이라고 소리치고 있었다.

○ "나한테 거짓말한 거야?"
  "확실해지기 전에는 아무것도 말할 수가 없었어."
  거의 애원하는 목소리였다.

내가 가장 좋아하는 초콜릿을 비르지니가 선물했다. 어떻게 알았을까? 환심을 사려는 뇌물일까? 아니면 진심 어린 선물일까?

초콜릿 한 상자에 내 마음을 팔아넘기기 싫었다. 나는 내 입장을 분명히 하고, 시간을 두고 신중하게, 비판적인 태도로 비르지니를 판단해 보려고 애썼다. 하지만 고백하자면, 나는 첫눈에 비르지니가 마음에 들었다. 무엇보다 차분한 태도가 마음에 들었다. 내 눈에 들려고 애쓰지도 않았고, 자기가 겪어 온 고단한 인생 이야기를 늘어놓지도 않았다. 비르지니의 그런 면이 무엇보다 좋았다. 그녀는 아빠와 나의 삶 속으로, 말하자면 발끝으로 걸어 조심스럽게 들어오고 있었다.

12

 나는 전혀 다른 두 감정 사이에서 오락가락했다. 우선 아빠가 비르지니를 집에 데려오겠다고 했을 때는 충격이 너무 컸고, 무서운 의심이 들었다.
 "아빠는 진심으로 엄마를 사랑했던 것일까? 엄마가 아픈 동안에 엄마를 잊기 위해 다른 여자를 만난 것은 아닐까?"
 아빠가 엄마가 아닌 다른 여자에게 뽀뽀하거나 엄마가 아닌 다른 여자가 애정이 가득한 눈빛으로 아빠를 바라보는 일은 전혀 예상하지 못했기에 얼떨떨했다. 하지만 동시에 가슴 한켠이 아리는 기쁨을 느꼈다. 어쩌면 다시 행복해질 수도 있겠다는, 변화와 생기가 다시 우리 집에 찾아올 수도 있겠다는 예감이었다.

비르지니가 우리 집에 찾아왔을 때 이상한 두 가지 감정이 겹쳐져 내 속으로 스며들었다. 마음 한쪽에서 그녀가 있는 것이 우리 집에 대한 모욕으로 느껴졌다. 엄마가 애지중지 하던 가구들, 어떤 것은 엄마가 엄마의 할머니에게 물려받은 것도 있었다. 모욕감은 비단 비르지니이기 때문이 아니라, 우리 집 문턱을 넘는 여자라면 누구였더라도 마찬가지였을 것이다. 어떻게 이 집에 들어올 생각을 했을까? 엄마의 사진이 여기저기 벽과 가구에 걸려 있는데도? 다른 한쪽에서는 설렘과 함께 따끔따끔한 기쁨이 있었다. 삶은 놀라운 것을 준비하고 있다. 새로운 것을!

비르지니는 나만큼 긴장해 있었다. 비르지니가 더 견디기 어려울 수 있겠다는 생각이 들기 시작했다.

여기는 우리 집이고, 그 남자는 우리 아빠였다. 하지만 그

너는 남자가 지난날 사랑했던 여자의 얼굴이 사방에서 여전히 미소 짓고 있는 이 집에서 나와 부딪쳐야 했다. 비르지니가 다녀간 후 나는 흥분에 휩싸인 마음을 가눌 길이 없어, 샤를로트 아줌마에게 달려갔다.

"아줌마, 아빠가 여자 친구를 데려왔어요. 우리 집을 보여 줬어요. 결혼하려고 하나 봐요."

아줌마의 대답은 아마도 내가 듣고 싶어했던 대답이었을 것이다. 아줌마는 차분한 목소리로 말했다.

"잘됐구나. 이제 안심이 좀 될 것 같아. 네 아빠를 위해서도 너를 위해서도."

엄마의 둘도 없는 친구였던 샤를로트 아줌마는 주저하지 않고 그렇게 말했다. 그래도 나는 다시 물었다.

"아빠가 진심으로 엄마를 사랑했을까요?"

"들어 봐, 알리스. 그렇게 오랫동안 그렇게 깊이 사랑한 부부도 연인도 없을 거야. 너는 그런 분들의 딸로 태어났으니 얼마나 운이 좋니?"

아줌마는 두 분이 어떻게 사랑하며 사셨는지 얘기해 주었

○아빠가 엄마가 아닌 다른 여자에게 뽀뽀하거나 엄마가 아닌 다른 여자가 애정이 가득한 눈빛으로 아빠를 바라보는 일은 전혀 예상하지 못했기에 얼떨떨했다. 하지만 동시에 가슴 한켠이 아리는 기쁨을 느꼈다. 어쩌면 다시 행복해질 수도 있겠다는, 변화와 생기가 다시 우리 집에 찾아올 수도 있겠다는 예감이었다.

다. 나는 아줌마의 얘기가 참이라는 것을 알고 있다.

"아빠가 엄마를 배신한 게 아닌가요?"

"너 미쳤니?"

아줌마는 말없이 나를 바라보고 있었다. 그리고 입을 열었다.

"네가 보기에는 어때, 아빠 여자 친구?"

생각할 겨를도 없이 대답이 내 입 밖으로 튀어 나왔다.

"정말 좋은 사람이에요."

"그럴 줄 알았어. 알리스, 아빠는 알리스가 좋아하지 않을 여자라면 사랑할 수 없을 거야. 그리고 알리스를 좋아하지 않을 여자도 사랑할 수 없을 거야. 이제 우리 알리스도 더 행복해지겠구나."

"행복해진다구요?"

"외롭게 늙어 가는 아빠와 단둘이 사는 네 모습을 생각해 봤니? 몇 해가 흐르면 너도 사랑에 빠지겠지."

난 얼굴이 뜨거워졌다.

"너에게는 점점 친구들이 많아지겠지. 너 하나 바라보고 애인도 없이 혼자 쓸쓸히 늙어 가는 아빠를 볼 때마다 넌 죄책감이 들 거야. 네게 애인이 생기면 너는 아빠를 내다 버리는 느낌이겠지. 이제 알겠니? 그렇게 되면 너도 불행하고 네 아빠도 불행해. 나를 믿어. 네 아빠가 옳아. 알리스 아빠에게 여자 친구가 생겼다니, 너를 위해서도 아빠를 위해서도 참 잘된 일이야. 난 정말 기쁘구나."

그런데도 나는 다시 물었다.

"하지만 엄마는……."

아줌마는 내 어깨에 손을 얹고 말을 이었다.

"네 심정은 잘 알아. 네가 가장 힘들겠지. 하지만 엄마도 옳은 일이라고 생각할 거야. 마지막 남은 엄마의 소원일 거야. 삶은 계속되어야 해. 너를 위해서, 또 아빠를 위해서, 둘 모두를 위해서. 다시 떠올려 봐, 오렌지 1킬로그램을 말이야."

바늘이 심장을 찌르는 것 같았다. 삶의 쌉싸래한 맛이 입 안에 맴돌았다. 이제 무슨 일인가 일어날 것이다. 아니, 무슨 일인가 일어나고 있다. 내가 무엇을 바라는지 정확하게 깨닫지 못한 채 겉으로는 거부하면서 속으로는 바라고 있던 일이 일어나고 있다. 비르지니를 만났을 때 내가 느꼈던 쓰린 기쁨은 바로 이 때문이었다. 그렇게 아빠와 나의 슬픈 식탁에서 나를 놓아줄 사람이 나타났다는 게 기뻤다.

비르지니는 우리 삶 속으로 비집고 들어와, 일과 학회를 핑계로 수많은 저녁과 주말에 내게서 아빠를 도둑질했다. 하지만 그렇게만 생각하면 나 또한 뜨끔했다. 아빠가 집에 없는 날이면 친구들과 밤늦게까지 놀러 다니면서 좋아하지 않았던가. 그리고 몇 시간 동안이나마 우울한 분위기로부터 벗어나는 것에, 아빠와 함께 슬픔에 빠져 있지 않아도 된다는 사실에 다행스러워하지 않았던가. 아빠가 주말에 집을 비우면 얼마나 재미있게 놀았던가.

비르지니가 다시 한 번 우리 집에 다녀간 어느 날 저녁, 나는 아빠 어깨에 머리를 기대고 낮게 속삭였다.
"비르지니가 맘에 들어."

아빠는 아무 말도 하지 않고 내 머리를 쓰다듬었다. 그러더니 자리에서 일어나 한참을 이리저리 돌아다녔다. 아빠 역시 내가 그랬던 것처럼 모순된 감정 때문에 혼란스러운 모양이었다. 마침내 아빠가 입을 열었다.

"알겠지만 알리스, 내가 참 우습구나."

"아니야, 우리가 우스운 거야."

13

그렇다고 비르지니가 당장에 우리와 함께 살게 된 것은 아니다. 비르지니는 가끔 집에 들렀다. 처음에는 아무것도 달라지지 않았다. 변화는 서서히 일어났다. 가구와 양탄자가 바뀌었고, 새 그림이 걸렸다. 엄마 사진은 내가 잘 챙겨 두었다. 이런 생각이 들 때도 있었다.

'비르지니는 어떻게 생각할까? 아빠의 첫 번째 사랑을 질투하지 않을까?'

비르지니와 엄마는 전혀 달랐다. 그러므로 비르지니가 질투할 이유가 없었다. 비르지니와 아빠의 사이는 엄마와 아빠 사이와는 전혀 딴판으로 달랐다. 아빠는 결코 엄마와 비르지니를 혼동하지 않을 것이고, 나 역시 마찬가지이다.

비르지니는 친구이다. 그렇다. 결코 엄마의 자리를 빼앗으려는 것이 아니다. 비르지니와 다툴 일이 분명히 있을 것이고, 그것은 녹록치 않은 일이 될 것이다. 비르지니가 내 일에 간섭하는 것을 받아들이기가 쉽지 않을 수도 있다. 왜냐하면 비르지니는 엄마가 아니며 또한 엄마일 수도 없기 때문이다. 하지만 우리는 이겨 내야 한다. 다른 한편으로 비르지니는 엄마 아닌 엄마가, 엄마 같은 친구가 될 것이다. 아주 특별한 관계에 있는 친구가 될 것이다. 이제 정리가 좀 되는 것 같다.

비르지니의 삶이 우리의 삶 안으로 들어올 것이고, 그녀의 가족과 친구들도 들어올 것이다. 우리의 세계는 큰 변화를 겪을 것이다. 마치 여행을 떠나거나 모험을 떠나는 것처럼 세상이 갑자기 넓어질 것이다. 비르지니의 가장 친한 친구는 알렉산드리아에서 보물을 탐사하고 있단다. 사촌은 아프리카에서 활동하는 NGO에 있단다.

비르지니의 친구와 가족 들은 우리와 정반대다. 우리 가족은 한곳에 머무는 것을 좋아했으니까. 비르지니는 내가 버스를 타듯 비행기를 탄다. 그녀는 야영을 좋아하고, 외딴 섬과 사막을 여행하는 것을 좋아한다. 지금까지 우리에게 여행은 파리 변두리의 우리 집을 떠나 브리의 별장까지 갔다가 돌아오는 것이 고작이었다. 긴 여행이든 짧은 여행이든 언제나 똑같았다. 이 짧은 여행이 우리는 만족스러웠다.

이제 비르지니와 함께, 우리가 구석구석 잘 알고 있는 안락하고 익숙한 작은 세계를 벗어나, 다른 세계로 들어가게 될 것이다. 미지의 세계가 아빠와 나를 기다리고 있다. 아빠와 나는 이제껏 몸에 밴 지난 시절의 습관은 털어내 버리고 앞으로 한 걸음 내디뎌야 한다. 마치 낯선 나라의 국경을 넘는 것과 같다.

아빠와 나에게는 용기가 필요하다. 다른 세상으로 도약하기 위해서는 지난날과의 작별을 받아들여야 한다. 거기에서 호기심 가득 찬 눈으로 주위를 둘러보고, 우리를 도약하게 하는 것을 만나고, 그렇게 해서 앞으로 한 발 내딛게 될 것이다. 추억을 망각하지도 배반하지도 않은 채, 더 넓고 더 큰 세계로 나아가게 될 것이다. 새로운 세계는 삶과 존재에 새로운 차원을 더하게 될 것이다. 그런 것이다. 운명을 받아들여야 한다. 삶의 의미를 되찾고자 하는 아빠의 욕망이 그 운명을 받아들인 것이다.

가을의 첫날, 결혼식이 있었다. 두 집안 사람들이 우리를 둘러쌌다. 외가 식구들이 없는 것이 묘한 느낌을 주었지만, 이제 이런 상황에 적응해 나가야 한다. 오늘은 우리가 새로운 삶으로 들어가는 날이다. 손님들은 모두 정성껏 차려입었다. 모두들 잔잔하게 웃고 있었다. 첫 결혼식처럼 웃고 떠들 수는 없으니까. 그래도 식장에는 평화가 깃들어 있었다. 비르지니의 머리에서 진주가 빛나고 있었다. 마음에 들었다.
  식이 열리기 전 나는 오랫동안 사진 속의 엄마를 바라보았다. 반짝이는 엄마의 푸른 눈동자가 나를 꿰뚫어 보는 것

○ '엄마…… 엄마…… 내게 필요한 것은 엄마예요!'
  나는 엄마의 굳건한 목소리를 다시 들었다.
  "오렌지 사 오는 것 잊지 마, 알리스!"

같았다. 엄마가 내게 말하고 있었다.

"그렇지! 그렇게 사는 거야! 자랑스런 내 딸아, 그렇게 살아야 해."

눈물이 볼을 타고 흘렀다. 나는 사진을 꼭 끌어안았다. 사진에 입 맞춰 보았다. 가슴이 죄어 왔다. 한 문장이 내 목구멍을 타고 입으로 올라왔다. 가슴 속에서 이리저리 튀어 다니던 문장은…… 입 밖으로 꺼내고 싶지 않다.

'엄마…… 엄마…… 내게 필요한 것은 엄마예요!'

나는 엄마의 굳건한 목소리를 다시 들었다.

"오렌지 사 오는 것 잊지 마, 알리스!"

엄마를 일찍 여읜 것, 그것이 내 삶이고 내 운명이다. 나는 받아들여야 한다. 나는 머뭇거리지 않고 이제 막 결혼식을 올린 새 부부가 있는 방으로 향했다. 아빠는 웃고 있었다. 비르지니가 내게로 다가왔다. 나는 비르지니에게 입 맞추었다.

이제 내게 새 친구가 생겼다. 아빠는 더 이상 저녁 식사 중에 텔레비전을 켜지 않을 것이다. 먼 산을 바라보며 망연히 있지도 않을 것이고, 즐겁게 내 이야기를 들어줄 것이다. 비르지니는 내게서 아빠를 빼앗아 갔지만 다른 방법으로 아빠를 돌려줄 것이다. 비르지니는 우리의 지난 삶을 흔들어 놓겠지만, 또한 자신의 삶을 우리에게 가져올 것이다.

    부모님의 사랑을 듬뿍 받았던 내 어린 시절과 나를 향한 아빠의 사랑은 부술 수도 지울 수도 없는 것이다. 비르지니는 우리가 새출발할 수 있게 도와주려는 것이다. 드디어 우리는 살아가는 법을 가르쳐 줄 누군가를 만나게 된 것이다. 그녀는 우리가 잃어버린 생동감을 다시 찾아 줄 것이다. 아빠는 드디어 우리를 도울 수 있는 누군가를 만난 것이다. 우리도 언젠가 비르지니를 도울 수 있을 것이다. 아빠는 이미 그럴 수 있는지도 모르겠다.

절대 아니다.

배신이 절대 아니다.

이것은 삶이다.

오렌지에 부딪힌 햇살이 금빛으로 부서진다.

• **옮긴이의 말** •

당신이 이 글을 읽고 있다면, 이 책을 다 읽고 나서 당장 누
군가와 그 여운을 함께 나누고 싶기 때문일 것이다.
나의 추측일 뿐이지만…….

내 마음도 당신과 같다. 하지만, 당신처럼
나도 무슨 말을 해야 할지 모르겠다.
이렇게 잠깐만 멍하니 앉아 있는 것도 좋겠다.

7, 8년 전, 사랑하는 친구를 잃었다.
18톤 트럭을 끌던 친구였는데,
갓길에서 엔진을 들여다보고 있는 중에 공교롭게도
18톤 트럭이 추돌하는 바람에,
자기 차 뒷바퀴 밑으로 말려 들어갔다.
아마 고통을 느낄 틈도 없었을 것이다. 다행이다.

그때, 그 친구에게는 네 살배기 아들과
청상의 아내가 있었다.
한낮 땡볕에 친구를 묻으며 간절한 바람 하나, 친구의 아내
에게 남은 생을 함께할 사람이 생긴다면 얼마나 좋을까.

여름이 끝나 가던 무렵 후배가 내게 말했다.
"암에 걸린 사람이 끝 날이 가까워 오면, 허수아비처럼
여위고, 만화처럼 발이 땡땡 붓는 거 아세요?"

그렇게, 먼저 간 사람들은 살아남은 사람들에게
삶을 가르친다.
오렌지 1킬로그램만으로도.

2008년 11월 김동찬

초판 1쇄 펴낸날 2008년 11월 25일
초판 11쇄 펴낸날 2015년 10월 15일

글 로젤린느 모렐 | 그림 장은경 | 옮김 김동찬
펴낸이 서경석
편집인 김민정 | 편집 이윤정·현설희 | 디자인 강선희·김선미
마케팅 서기원, 권병길 | 제작·관리 서지혜, 이문영
펴낸곳 청어람주니어 | 출판등록 2009년 4월 8일(제 313-2009-68호)
주소 경기도 부천시 원미구 부일로 483번길 40 서경빌딩 3층 (우)420-822
전화 032)656-4452 | 팩스 032)656-4453
전자우편 junoorbook@naver.com
까페 http://cafe.naver.com/chungeoramjunior

ISBN 978-89-962522-9-0 43860

※이 책의 내용 일부 또는 전부를 재사용하려면 반드시 저작권자와 청어람주니어 양측의 동의를 얻어야 합니다.